Sabine Grimm

Romantische Burggeschichten

zum Vor- und Selbstlesen

Kinder, hört Euch Märchen an,

es ist mehr als ein Funke

Wahrheit dran.

Herstellung und Verlag:
BoD - Books on Demand, Norderstedt

ISBN 9783735779687
Illustrationen s/w und farbig

Drachenschatz

Vorwort

Liebe kleine und große Märchenfreunde!

Die Märchenfiguren, die Euch in diesem Buch begegnen, sind bei der Rauschenburg in Olfen, im Münsterland zu Hause. Märchenhafte Prinzessinnen, tapfere Prinzen, ein Zauberpferd und sogar ein Drache werden um die schon viele Jahrhunderte wildromantisch, wie verwunschen daliegende, Schlossruine lebendig. Das lange Zeit leer stehende und im Dornröschenschlaf befindliche Schloss, mit seiner bewegten Geschichte als prächtige Residenz für manchen Adeligen, bot durch Lage, Architektur und Historie, genau die Kulisse für den Schauplatz, an dem sich das wundersame Märchen vom geheimnisvollen Zauberpferd Mystery-Butterfly zugetragen haben musste.

Wie fast alle alten Burgen und mittelalterliche Ruinen, ist auch die Rauschenburg an der Lippe ein sichtbares Zeugnis vergangener Epochen mit historischer Bedeutung.

Die Römer waren in der Zeit von 11 bis 7 vor Christus im heutigen Olfen unterwegs und kontrollierten den Flussübergang über den Lippefluss, eine wichtige logistische Landmarke der römischen Eroberer, deren Schutz die Rauschenburg seit ihres Bestehens mit übernahm. Seit dem Hochmittelalter bis in die Neuzeit gehörte die im 11. Jh. erstmals erwähnte Rauschenburg zum Hochstift Münster und befand sich im sog. Hexenkessel des westfälischen Vierländerecks, in dem die Interessen von vier Landesherren aufeinanderprallten, die der Bischöfe von Münster, der Grafen von der Mark, der Grafen von Dortmund und der Bischöfe von Köln, die über das Vest Recklinghausen herrschten.

Im 14. Jh. n. Chr. war der Bischof von Münster in die Grafschaft Mark eingefallen und fügte der märkischen Umgebung durch Plünderungen und Brandschatzungen sehr großen Schaden zu. Die Angreifer wurden von den märkischen Rittern zurückgetrieben und bei der Rauschenburg an der Lippe geschlagen. Ritter führten damals ein sehr stressiges Leben. Immer wieder kam es zu heftigen Unruhen. Auch im 16. Jh. ließ eine

Fehde die Gegend um die Rauschenburg zum Schauplatz feindlicher Zusammenstöße werden und den Boden um die Burg erzittern.

Auf diesem historischen Fleckchen Erde, wo einst die Ritter von der Rauschenburg herrschten, hat man heute die Möglichkeit, sich eine gemütliche Kaffeepause mit einem frischen Stück Kuchen zu gönnen, im Hofladen der Familie Tenkhoff, die schon seit Generationen an der Rauschenburg beheimatet ist. Heute steht die Rauschenburg nicht mehr für Ritterkriege, sondern für Spargel und Erdbeeren. Ihr Name ist jetzt mit dem beliebten, dort angebauten Rauschenburger Spargel und den Rauschenburger Erdbeeren verbunden. In den ehemaligen Wirtschaftsgebäuden der Burg befindet sich der Spargelhof Tenkhoff. Während der Spargelzeit hat man im dortigen Hofladen die Möglichkeit, sich neben umfassendem Gemüse, Brot, Eiern und Wurstwaren, täglich auch mit leckerem, frischem Spargel, und während der Erntezeit mit frischen, fruchtigen Erdbeeren einzudecken. Es gibt dort alles, was zum Einkaufen auf dem Bauernhof dazu gehört. Auch ein guter Tropfen Wein wäre nicht zu verachten, der dort zum Genuss erworben werden kann. Wenn der Spargel wächst und als erster kulinarischer Frühlingsgruß von den Feldern rund um die Rauschenburg geerntet wird, lädt Stefanie Tenkhoff zum beliebten Spargel-Event in ganz besonderem Flair ein. Denn dann heißt es wieder: Gala-Dinner und Spargel-Buffet an verschiedenen Tagen, zu dem auch die frisch geernteten Rauschenburger Erdbeeren u. a. für die Dessert-Variationen gereicht werden. Infos und Karten gibt es zur eröffneten Spargelzeit im Hofladen Tenkhoff.

Was aber geschieht, wenn die Phantasie von Zeit zu Zeit in geheimnisvollen Bildern durch längst vergangene Welten erhabener Orte streift, und wenn alte Schlösser und Burgen uns ferne, unbekannte Zeiten und phantastische Persönlichkeiten offenbaren?

Die Rauschenburg ist einer dieser magischen Orte. Man muss nur ganz genau hinschauen, dem Wind lauschen und dabei seiner Phantasie freien Lauf lassen.

Der Drache bei der Rauschenburg

Bei der Rauschenburg, nahe dem Lippefluss, gab es vor vielen Jahren einen purpurfarbenen Drachen. Er besaß einen langen Schwanz, vier Füße mit riesigen Klauen, hatte fast undurchdringliche Schuppen wie ein Fisch und einen massigen, gehörnten Kopf mit scharfzahnigem Maul. Der furchterregende Gigant, so groß wie zwei Elefanten, mit der Ähnlichkeit eines hoch aufgerichteten Krokodils, schaffte es, mit seinen vier kräftigen Beinen erstaunlich schnell zu rennen. Die größten Entfernungen überwand er aber im Fluge, denn er konnte fliegen wie ein Vogel. Er ernährte sich von Lavagestein aus der Vulkaneifel. Ein Vulkan bricht aus, wenn flüssiges Gestein in einer Höhle tief im Inneren der Erde unter dem Vulkan heiß wird und, nachdem die Höhle gefüllt ist, durch einen Spalt nach außen tritt, oder wenn Trolle, die in unterirdischen Steinhöhlen leben, ihren Hausputz machen. Immer dann, wenn die Erde Feuer spuckte, trat die Vulkanlava aus, und der Drache flog vom Lippefluss bis zur Eifel. Dort schnappte er sich die steinernen Happen oder fischte sie sich aus den Lavaseen. In kürzester Zeit legte er die weitesten Entfernungen zurück. Doch er konnte auch monatelang ohne Nahrung auskommen und in seinem Bau verweilen. Ganz nebenbei schaffte er es auch noch, wie eine Schlange zu kriechen und zu schwimmen wie ein Fisch. Wenn er mit seinen riesigen Pranken in den Fluss sprang, spritzte so viel Wasser heraus, dass es tagelang regnen musste, damit er sich wieder füllte. Der Drache machte sich durch laute, rasselnde Schnarchgeräusche, hin und wieder durchdringendes Geschrei und Feuerspeien bemerkbar. Die Menschen erzählten sich furchterregende Geschichten über ihn, dass er ein menschenfeindliches Ungeheuer sei, das die fruchtbringenden Wasser zurückhält und Sonne und Mond zu verschlingen droht. Außerdem hole er sich rücksichtslos alles, was ihm gefiel oder Nutzen brachte.

In früheren Zeiten war die Bewaldung sehr viel umfangreicher und dichter als heute, weil es viel weniger Menschen und kaum Bebauung in der

Landschaft gab. Tief im Wald hauste der Drache in einer Höhle und bewachte seinen Drachenhort, wo er wertvolle Schätze hütete. Darum nannte man den Busch bei der Rauschenburg in frühen Zeiten auch *Drachenwald*.

Wenn jemand sich seinem Hort näherte, spie der Drache mächtig Feuer, und der Drachenwald war an vielen Stellen durch abgeknickte Bäume und Brandschneisen gezeichnet. Die Bewohner des Landes hofften, dass der Drache eines Tages von einem mutigen Ritter im Kampf besiegt und getötet würde, um die Welt vor ihm zu retten. Während der Ritterzeit lebten auch auf der Rauschenburg über viele Jahre Ritter. Doch keiner von ihnen fand den Mut, sich dem Drachen beherzt entgegenzustellen.

In der Rauschenburg wohnte ein bildschönes, junges Mädchen. Es war die holde Prinzessin Katharina, die zu einem uralten Westfälischen Adelsgeschlecht gehörte.

An einem strahlenden, sonnigen Tag spazierte sie am Flussufer entlang. Sie trug ein langes, silbriges Kleid und um ihren Hals eine weiße Perlenkette. Die Sonnenstrahlen funkelten mit ihrem glitzernden Kleid und den Perlen um die Wette. Vergnügt pflückte sie Blumen von der Wiese und summte dabei ein Lied. Eine wunderschöne Blüte unten am Wasser erregte ihre besondere Aufmerksamkeit. Um sie zu pflücken, musste sie ganz nah an den Fluss herantreten. Vorsichtig setzte sie einen Fuß vor den anderen. Plötzlich verdunkelte ein riesiger Schatten die Sonne, breitete sich über Katharina aus, und es wurde finster und kühl. Die Prinzessin blickte nach oben und erschrak. Am Himmel erschien eine riesige, dunkle Gestalt. Der Drache flog mit weiten Schwingen über das Land. In ihrer Aufregung rutschte sie von der Uferböschung ab und fiel in den Fluss. Katharina konnte zwar schwimmen, doch ihr langes Kleid verhedderte sich unter Wasser zwischen Steinen und Wasserpflanzen. Verzweifelt riss sie an ihrem Kleid und versuchte, es zu befreien und hervorzuziehen. Dabei tauchte sie immer wieder unter, weil es ihr nicht gelang, sich mit nur einer Hand über Wasser zu halten. Längst hatte sie viel zu viel Wasser geschluckt. Allmählich schwanden ihre Kräfte, so dass sie es nicht einmal mehr schaffte, laut um Hilfe zu rufen. Nur noch ein schwaches Flüstern kam über ihre Lippen: „Helft mir doch.“

Katharinas älterer Bruder, Prinz Maximilian von der Rauschenburg, kam gerade zu Pferd nach Hause. Er richtete seinen Blick über den Wassergraben zur Rauschenburg und darüber hinaus auf die Lippeauen. Die Aussicht, die sich ihm bot, war atemberaubend schön. Langsam ritt er in die Burg ein. Durch die plötzliche Verdunklung des Himmels aufmerksam geworden, blickte er nach oben und erkannte den Drachen, der sich bedrohlich der Burg näherte. Er zog sein Schwert, um gegen den Drachen zu kämpfen. Doch plötzlich verlangsamte das Ungeheuer seinen Flug und schwebte über dem Fluss. Es schien darin etwas erspäht zu haben. Da erst bemerkte der Prinz, dass jemand im Wasser zappelte und wild um sein Leben kämpfte. Voller Mut und um zu helfen, ritt er in rasender Eile zum nahen Flussufer. Doch bevor er es erreichte, legte der riesige Drache über ihm die Flügel an, stieß nach unten, ergriff mit seinen Klauen die Prinzessin und flog mit ihr, hoch durch die Lüfte, davon.

Vor Entsetzen über die unfreiwillige Bekanntschaft mit dem Drachen, von dem sie schon so viele schlimme Geschichten gehört hatte, war die

Prinzessin ohnmächtig geworden. Das Ungeheuer brachte sie in den Wald und setzte sie vorsichtig in seinem Hort ab.

Als Prinzessin Katharina die Augen aufschlug, sah sie in ein großes braunes Augenpaar, das sie voller Interesse anblickte. Sie erkannte den Drachen und ihr wurde klar, in welcher hoffnungslosen Situation sie sich befand.

„Bitte tu mir nichts.", flehte sie. Tränen rannen über ihr Gesicht.

Der Drache legte sein Haupt auf seine krummen Klauen, schaute sie aufmerksam an, und aus seinen Nüstern sprühten rote Feuerfunken. Dabei grunzte er unheimlich. Die Prinzessin erschrak fürchterlich. Doch da schloss der Drache seine Augen und schien einzuschlafen. Daraufhin beruhigte sie sich etwas und trocknete ihre Tränen. Sie sah sich um und entdeckte neben sich einen Höhleneingang aus dem ein golden leuchtender Schein drang. Es war der Eingang zur Schatzkammer, die der Drache bewachte. Doch keine Schätze der Welt interessierten Prinzessin Katharina. Sie wollte nur schnell wieder nach Hause. Vorsichtig und leise erhob sie sich, um zu fliehen. Auf Zehenspitzen entfernte sie sich schleichend. Das nasse Kleid klebte an ihrem Körper und erschwerte die Flucht. Der Waldboden unter ihren Füßen war weich und leise, aber Äste knickten geräuschvoll um und zerbarsten. Sie hoffte, dass der Drache schliefe und nicht aufwachen würde, damit er sie nicht verfolge. Ängstlich sah sie sich noch mal um. Das Ungeheuer lag da und schlief. Doch plötzlich öffnete der Drache seine Augen. Er richtete seinen Blick starr auf sie, und ihr war, als ob ein Schluchzer aus seinem unheimlichen Maul entwich. Mit einem Satz war das Ungeheuer neben ihr und brachte sie zurück in seinen Hort. Da saß sie nun und war gefangen. Der Drache hockte ihr gegenüber und bewachte sie und den Schatz. Verstohlen beobachtete Katharina ihn aus ihren Augenwinkeln. Erstaunt bemerkte sie, dass er gar nicht so hässlich war, wie ihn die Leute immer beschrieben hatten und dass man sich an seinen Anblick wohl gewöhnen könnte. Durch seine Größe war er unheimlich und furchterregend, doch sein Blick erschien ihr außergewöhnlich treu und liebevoll. Während sie noch so nachsann und dachte, dass so ein sanfter Blick nicht zu einer Bestie passte, überfiel sie eine bleierne Müdigkeit. Die Prinzessin schloss erschöpft die Augen und schlief ein. Sie schlummerte so tief und fest, dass sie erst am nächsten Tag wieder erwachte. Als sie die Augen öffnete, erblickte sie erstaunt mehrere fein gesäuberte Maiskolben und eine schöne Blume neben sich. Katharina war sehr hungrig und verzehrte die Maiskolben mit großem Appetit. Der Drache beobachtete sie dabei mit Genugtuung.

„Woher kommt denn die schöne Blume?" fragte Katharina den Drachen, der kurz nickte und Feuerfunken aus seinen Nüstern spie. Katharina ging in Deckung. Sie überlegte, was nun werden sollte. Gern hätte sie gewusst, was der Drache mit ihr vorhatte. Sie konnte sich nicht mit ihm unterhalten. Das war gefährlich, weil er als Antwort Feuer spie. So verbrachte sie Tage und Nächte in der Drachenhöhle und wurde liebevoll mit Maiskolben versorgt, die der Drache be-schaffte, während sie schlief. Zu jeder Mahlzeit schenkte er ihr eine frische Blume.

Maximilian von der Rauschenburg hatte seine Brüder Alexander und Sebastian alarmiert, und die drei Brüder mobilisierten alle mutigen Ritter, die sie finden konnten, ihnen zu folgen, um den Drachen zu töten und die Prinzessin zu befreien. Am vierten Tag nach dem Verschwinden von Prinzessin Katharina machten sie sich bei Sonnenaufgang zu Pferd, mit ihren Schwertern auf den Weg durch den Drachenwald, die Drachenhöhle zu stürmen.

Als sie vor der Höhle ankamen, hörten sie die Prinzessin darin singen und erkannten erleichtert, dass sie lebte und sich in der Drachenhöhle befand. Die Ritter sprangen geräuschvoll von ihren Pferden. Das hörte der Drache. Laut grunzend kam er aus der Höhle heraus und spie Feuer. Da stürzten sich die Männer mit vereinter Kraft auf ihn und verletzten ihn mit ihren Schwertern stark. Der Drache wehrte sich nicht und griff sie nicht an. Er versuchte, die Schwertangriffe mit seinen Klauen abzuwehren. Doch es gelang ihm nicht, die Schwerter trafen ihn ins Mark. Bald schwanden seine Kräfte, und er brach mit einem sehr lauten, markerschütternden Wehmutsschrei zusammen. Als die Prinzessin diesen durchdringenden, qualvollen Schrei vernahm, kam sie erschrocken aus der schützenden Höhle heraus. Sie erblickte das Kampffeld, ihre Brüder, die Ritter mit ihren blutigen Schwertern und sah, dass der Drache verletzt und regungslos auf dem Boden lag.

„Katharina! Komm schnell, wir bringen dich nach Hause!" rief Sebastian ihr zu.

Die Prinzessin schrie: „Was habt ihr ihm angetan?" Sorgenvoll beugte sie sich zu dem regungslosen Drachen herab. Der Drache öffnete seine treuen Augen, und sie erkannte, dass er noch lebte. Sie rief ihn an: „Geh nicht fort, bleib hier!" Dabei streichelte sie seinen massigen Kopf. Der Drache stöhnte vor Schmerzen. Da beugte die Prinzessin sich noch tiefer über ihn.

„Nein, Katharina! Tu es nicht!" riefen ihre Brüder. Doch Katharina ließ sich nicht beirren. Sie gab dem Drachen einen Kuss. Erschrocken blickte sie nach dem Kuss auf den verletzten Drachen, der sich plötzlich vor allen Umstehenden entblätterte. Er entstieg seinem panzerartigen

Körper, in dem zahlreiche Schwerter steckten. Heraus trat ein bildschöner junger Mann, der ganz und gar unversehrt war. Katharinas Brüdern und den umstehenden Rittern fielen vor Schreck die Waffen aus der Hand. Wortlos beobachtete Prinzessin Katharina diese unbegreifliche Verwandlung. Da trat der schöne Jüngling auf sie zu, nahm ihre Hand, sah ihr tief in die Augen und sprach: „Ich war ein verwunschener Prinz und heiße Edmund von der Drachenburg. Es gab eine Fehde zwischen meinem Vater, dem Fürsten von der Drachenburg, und dem bösen Zauberer, der mich in den Zustand eines Drachen versetzte. Mein Vater hatte eine Fee beauftragt, den Zauber zu lösen. Sie aber sagte, dass ich nur dann Rettung finden könnte, wenn eine holde Jungfrau den Mut aufbringen würde, einen hässlichen Drachen zu küssen. Ihr habt mich erlöst, Prinzessin Katharina. Zum Dank dafür schenke ich Euch und Eurer Familie den Goldschatz, den ich die ganze Zeit bewachen musste."

Er führte Katharina und ihre Brüder in seine Höhle. Alle waren zutiefst geblendet von dem vielen Gold, das ihnen entgegenblinkte und hell erstrahlte. Danach nahmen die Prinzenbrüder ihre Schwester Katharina und Prinz Edmund mit auf die Rauschenburg. Prinz Edmund schickte einige Ritter zur Drachenburg, zu seinem Vater, damit sie ihn über die Erlösung seines Sohnes in Kenntnis setzten und ihm die Nachricht überbringen sollten, wo er sich aufhielt. Prinzessin Katharina wollte ihn in ihrer Nähe wissen und lud ihn ein, auf der Rauschenburg zu bleiben. Da ging Prinz Edmund vor ihr auf die Knie, nahm ihre Hand und sagte: „Liebste Katharina, ich möchte, dass du meine Frau wirst. Komm mit mir auf die Drachenburg. Meine Eltern werden sich sehr freuen, dich kennenzulernen."

Katharina fiel ihm um den Hals und küsste ihn. Noch am selben Tag hielt Prinz Edmund beim Fürsten von der Rauschenburg um die Hand Katharinas an. Dem Fürsten war dieser wohlhabende Prinz für seine Tochter äußerst recht und er freute sich sehr über den Goldschatz, den der zukünftige Gemahl seiner Tochter mit in die Ehe und ritterwürdige Familie brachte. Der Fürst und die Fürstin von der Drachenburg reisten, voller Erwartung, ihren schmerzlich vermissten

Sohn endlich wiederzusehen, ins Münsterland, zur Rauschenburg. Dort platzten sie direkt in die Hochzeitsvorbereitungen hinein.

Es wurde ein großes Fest gefeiert. Jeder war froh, dass der Drache niemanden mehr beunruhigen konnte. Den Schatz aber versteckten die Rauschenburger Ritter gut. Sie bedeckten ihn mit einer großen und dicken Steinplatte, die mit einem purpurnen, goldenen Drachenwappen geschmückt war. Schon oft hat man nach dem Schatz gesucht, doch bisher wurde er noch nicht gefunden.

Prinz Edmund und Prinzessin Katharina liebten sich sehr und führten eine glückliche Ehe. Sie bekamen zwei Prinzessinnen und drei Prinzen, die dieses Glück besiegelten. Diese Kinder waren fortan ihr größter Schatz.

Das Zauberpferd

Es war einmal vor vielen Jahren, als Märchen noch die Welt verzauberten, da lebten auf Schloss Worthstein Fürst Bartholomäus von Worthstein und seine Fürstin Rosalia. Fürstin Rosalia liebte Tiere. Sie war eine sehr gute Reiterin und besaß eine wunderschöne weiße Stute namens Mystery-Butterfly. Jeden Tag ritt Rosalia auf ihr hinaus durch Wiesen, Felder und Wälder rund um Schloss Worthstein. Der Adel und reiche Geschäftsleute waren neidisch auf das Zauberpferd und boten hohe Summen für das geheimnisvolle, blitzschnelle Tier, doch Fürstin Rosalia betrachtete Mystery-Butterfly als ein Familienmitglied und wollte sie für kein Geld der Welt hergeben.

Das Familienglück wurde perfekt, als Rosalia ihrem Gatten eine liebliche Tochter schenkte. Die Eltern gaben ihr den Namen Rosa. Sie liebten die kleine Rosa, die ihr großes Glück war, über alles und schenkten ihr all ihre Liebe und Aufmerksamkeit.

Doch die Zeiten waren unsicher. Nicht weit entfernt von der heimischen Burg lag das Schloss Schreckenberg. Es erhob sich auf einem Hügel gleichen Namens, und seine Türme ragten düster in den Himmel hinein. In dem grauen, kalten Gemäuer lebte ein böser Zauberer mit dem Namen Dragan. Wenn der Zauberer sich unter die Menschen mischte, änderte er für gewöhnlich sein Aussehen und sandte Unglück über die, denen er begegnete. Er brachte Angst und Schrecken über die Menschen, die deshalb das Gebiet um sein Schloss mieden. Auch Zauberer Dragan begehrte den Zauberschimmel Mystery-Butterfly, denn das Tier hatte ein mystisches Geheimnis. Mystery-Butterfly besaß schillernde Zauberflügel, flog mit ihnen so leicht wie ein Schmetterling, schnell wie der Wind und sprang, so hoch wie sie musste.

Es war ein Unglückstag, an dem Fürstin Rosalia von einem Ausritt nicht mehr heimkehrte. Der böse Zauberer ließ nichts unversucht, ihr das Zauberpferd abzujagen. So lauerte, er als Kräuterfee verkleidet, ihr und Mystery-Butterfly am Waldesrand auf. Als Pferd und Reiterin sich der vermeintlichen Kräuterfrau näherten, winkte diese sie zu sich heran. Mystery-Butterfly scheute und wollte umkehren, doch Rosalia lenkte ihr Pferd um, brachte es zum Stehen und wollte absteigen. In diesem Moment schickte der böse Zauberer der Fürstin einen vernichtenden Zauber mit seinem glühenden Feuerfunken-Zauberstab. Rosalia stürzte vom steigenden Pferd und blieb verletzt im Gras liegen. Zauberer Dragan wollte sich das Zauberpferd greifen, doch Mystery-Butterfly schlug die Hinterhufe nach ihm aus. Sie brachte ein schrilles Wiehern hervor und bäumte sich nochmal auf. Dann fiel sie auf die Vorderhufe zurück, setzte zum Galopp an und stürmte los. Nach wenigen Metern erhob sie sich in die Lüfte und flog geschwind zum Schloss zurück, um Hilfe zu holen. Durch Mysterys lautstarkes Wiehern wurde der Fürst alarmiert, den sie zu seiner verunglückten Frau führte. Rosalia lag im tiefen Gras. Ihre Lebensgeister wurden zusehends schwächer und drohten bald ganz aus ihrem zarten Körper zu entschwinden. Besorgt beugte sich der Fürst zu ihr herunter und drohte, dass er den Unglücksschimmel, der sie abgeworfen habe, sogleich töten wolle. Da flehte Rosalia ihn an: „Nein! Tu ihr kein Leid an! Verschone Mystery-Butterfly. Sie ist ohne Schuld. Allein der böse Zauberer ist für dieses Unglück verantwortlich. Er hat uns mit Feuer beschossen, so dass ich geblendet war und vom Pferd stürzte. Bitte versprich mir, dass du Mystery-Butterfly schützt und sie an Rosa weitergibst. Rosa braucht sie. Sie ist ein gutes Pferd und eine treue Freundin. Sie wird unser Kind beschützen."

„Nun gut, ich verspreche es", stimmte der Fürst zu. Vorsichtig streichelte er das Gesicht seiner Gemahlin, der das Sprechen immer schwerer fiel. Eindringlich bat er sie: „Geh nicht fort, bitte geh nicht. Du musst bei uns bleiben. Wir brauchen dich!"

Doch die Fürstin schenkte ihm ein letztes Lächeln und schloss für immer die Augen. Der Fürst zog sie an sich, drückte sein Gesicht an das ihre und weinte still in ihr weiches, duftendes Haar.

Fürst Bartholomäus, blieb allein mit seiner Tochter zurück. Um ihr Wohl zu sichern und sie nicht auch noch zu verlieren, wollte er alle

Gefahren von ihr fernhalten. Jegliche Gefahren und Hindernisse in und um Schloss Worthstein ließ er beseitigen, um sein Kind vor Schaden zu bewahren. Mehr als einmal ermahnte und beschwor er sie, keinem Fremden blindlings zu vertrauen, um ihre Sicherheit zu gewährleisten. In seinem Reich wurden sämtliche möglichen Risiken ausgeschaltet, doch den Schreckenberg hinter der Grenze konnte er nicht beeinflussen, denn dort herrschte Dragan, der böse Zauberer.

Das Kind wuchs zur wunderschönen Prinzessin heran und wurde von allen geliebt. Rosas beste Freundin war das Zauberpferd Mystery-Butterfly, das ihre Mutter, die sie so sehr vermisste, ihr als Vermächtnis hinterlassen hatte. Sie liebte Mystery-Butterfly. Durch sie fühlte Rosa sich beschützt.

Der Zauberer Dragan hatte auch bemerkt, dass die junge Prinzessin die Schönste im ganzen Land war und begehrte sie zu seiner Frau. Er war sogar bereit, sie sich mit Gewalt zu holen, damit sie endlich sein Eigentum sei. Rosa wusste von der Existenz des bösen Zauberers und befolgte täglich den Befehl ihres Vaters, sich von ihm fernzuhalten. Jedoch ließ sich das bei der Nähe, die die beiden Schlösser miteinander verband, nicht ganz verwirklichen. Schloss Schreckenberg lag in Sichtweite von Schloss Worthstein auf der anderen Seite des Flusses und deutlich höher als Schloss Worthstein. Von dort aus hatte der Zauberer die beste Sicht auf die Residenz des Fürsten und einen hervorragenden Blick auf fast alles, was die Prinzessin unternahm. Er wusste genau, wann sie unten im Schlosspark spazieren ging. Rund um das prächtige Schloss ihres Vaters, das ein großer, zauberhafter Schlosspark einrahmte, waren Wiesen und Felder angelegt, die an einen dunklen Wald grenzten. Niemals traute Rosa sich dorthin und blickte oft hinüber zur mächtigen Burg auf dem gegenüberliegenden Berg. Beim Anblick der beiden bedrohlich in den Himmel ragenden dunklen Türme war ihr stets unheimlich zumute. Insbesondere dann, wenn die tiefstehende Sonne die Turmschatten auf ihre Burg lenkte, bangte ihr Herz. Die Türme von Dragans Schloss waren meistens von dicken Nebelschwaden umhüllt. Wie Wesen aus einem Albtraum schwebten die aus grauem Nebel geformten Wolken, die einem Gespenst glichen, über der Burg.

Eines Tages war Rosa damit beschäftigt, im Schlosspark Blumen zu pflücken. Sie wollte die leuchtende Natur als duftenden, bunten Blumenstrauß mit ins Schloss nehmen. Plötzlich trat ein attraktiver junger Mann an ihre Seite. Woher kam er? Rosa kannte ihn nicht. Sie hatte ihn noch nie zuvor gesehen und fühlte sich von seinem Aussehen und Charme irgendwie verzaubert. Durch sein galantes Auftreten wirkte er wie ein Gentleman der vollkommenen Schule. Bedächtig und ungezwungen stellte er sich als Graf von dem Berge und Freund ihres Vaters vor. Rosa wunderte sich, da ihr der Mann als Freund ihres Vaters völlig unbekannt war. Der Graf gab an, Weltreisender, und viele Jahre außer Landes gewesen zu sein. Von seinen häufigen Reisen habe er zahlreiche Schätze und wertvolle Skulpturen aus Gold, Silber und Bronze mitgebracht. Mittlerweile waren stattliche Reichtümer angehäuft. Bewundernd blickte Rosa zu ihm auf. Graf von dem Berge fragte, ob sie ihm bei der Auswahl eines passenden Begrüßungsgeschenks für ihren Vater behilflich sei, denn er wolle ihm einen seiner wertvollen Kunstschätze über- reichen. Rosa sagte zu und stieg zu ihm in seine elegante Kutsche, die von zwei Rappen gezogen wurde.

Die Prinzessin war verschwunden. Fürst Bartho- lomäus nahm Rosas Abwesenheit mit großer Angst zur Kenntnis und war außer sich. Er sandte eine große Anzahl Boten aus, um die Ritter im ganzen Land zu erreichen und zu mobi- lisieren, damit sie jeden Winkel der Umgebung nach der Prinzessin durchkämmten. Doch alle Suchmaßnahmen verliefen ohne Erfolg. Prinzes- sin Rosa war und blieb verschwunden. Ihre treue Stute Mystery-Butterfly wartete vergebens auf sie im Stall. Der Fürst war sehr verzweifelt. Er machte sich die größten Vorwürfe, seiner Tochter nicht genügend Schutz geboten zu haben. Die Ritter nahmen ihre Aufgabe sehr ernst und setzten die Suche nach der Prinzessin akribisch fort. Doch Tage und Wochen ver- gingen, und niemand wusste, was mit der Prinzessin geschehen war.

Rosa war in den Klauen des gefährlichen Zauberers gefangen. Sie fühlte sich sehr allein. Niemand war bei ihr, der ihr hätte helfen können, auch ihr treues Pferd Mystery-Butterfly nicht; es befand sich bei ihrem Vater im Schloss. Die Erkenntnis, dass es sich bei dem Grafen von dem Berge um den bösen Zauberer handelte, der sie nun auf seinem Schloss oben auf dem Nebelberg gefangen hielt, und dass dieser keine Spur mehr von Schönheit und Charme ausstrahlte, sondern dass alles nur ein verlogener Schreckenszauber gewesen war, traf Rosa tief. Zu spät hatte sie einsehen müssen, dass es ein großer Fehler war, dem fremden Mann zu vertrauen und ihn zu begleiten. Ihre späte, bittere Erkenntnis war, dass ihre naive Vertrauensseligkeit sie in diese gefährliche, scheinbar unumstößliche Situation gebracht hatte, und das nur, weil sie nicht auf ihren Vater gehört hatte. Ach wäre sie dem Grafen nur nicht gefolgt.

Rosa führte ein karges, erbärmliches Leben beim Zauberer, von Nebel umhüllt, nahe den Wolken, hoch oben im Turm des Schlosses Schreckenberg, ohne ihre gewohnten Annehmlichkeiten. Einmal am Tag durfte sie für eine Stunde auf den Innenhof des Schlosses, um frische Luft zu atmen. Dabei wurde sie von Wächtern des Zauberers bewacht. Die tranken jeden Tag viel von einer Essenz, von der sie offenbar nicht genug bekommen konnten und verhielten sich lautstark und grob. Rosa hatte große Angst vor den Männern, die nicht davor zurückschreckten, die Pferde im Stall des Zauberers zu schlagen. Zur fortgeschrittenen Stunde eines jeden Tages wurden die Männer immer lauter und betrunkener. Die Pferde reagierten schreckhaft auf die wankenden, groben Gestalten. Oft war das Schreien und angstvolle Wiehern der Pferde bis in ihr Turmzimmer zu hören. Es tat Rosa weh und schnitt ihr ins Herz, die schlechte Behandlung der Pferde mitzuerleben, ohne einschreiten zu können, um ihnen zu helfen. Einmal, als sie sich gerade im Innenhof aufhielt, riss sich eines von zwei dort angebundenen Tieren los, rannte an Rosa vorbei und kam bis zu einer hohen

Steinmauer. Davor bäumte sich der Rappe auf und blieb schnaubend stehen. Rosa sah, dass ein weißes Abzeichen in Form eines Sternes auf seiner Stirn prangte. In seinen Augen erkannte sie die blanke Angst.

„Donnerhuf!" grölte der Mann, fing den Schwarzen mit Lasso und Peitsche ein, schlug ihn und brachte ihn aufbrausend in den Stall zurück. Danach hob er zufrieden seinen Becher und schüttete eine gelbliche Flüssigkeit in seinen offenen, zahnlosen Mund. Dann rülpste er laut.

Rosa war verzweifelt. Lange sann sie darüber nach, wie sie diesem unwürdigen Dasein endlich entrinnen könnte. Von ihrem Turmfenster aus hatte sie irgendwann bemerkt und stillschweigend für sich behalten, dass in der Mauer zwischen Innenhof und Pferdestall ein paar Steine fehlten. Das Loch, das nur von ihrem hohen Aussichtsplatz erkennbar war, befand sich hinter wildwuchernden Sträuchern. Stand man unten, fiel die Maueröffnung vor lauter Gestrüpp davor nicht auf. Das könnte meine Chance sein, durch dieses Loch würde ich vielleicht fliehen können, dachte Rosa. Sie überlegte, wie dies, von den

Wächtern unbemerkt, zu schaffen sei. Doch zunächst traute sie sich nicht. Rosa dachte an die treue Mystery-Butterfly, die sie schrecklich vermisste. Sie hatte Sehnsucht nach ihrem gütigen Vater, der sich sicher sehr um sie sorgte. Er war bestimmt auf der Suche nach ihr und würde überall nach ihr forschen, davon war Rosa überzeugt. Der Gedanke, dass er beim bösen Zauberer nach ihr schauen würde, beunruhigte sie, denn jeder, der es je gewagt hatte, das Schloss Schreckenberg zu betreten, war von dort nicht wieder zurückgekehrt.

Rosa glaubte fest, dass ihre liebe Mutter sie vom Himmel herab beschützte. Sie dachte daran, dass sie genau wie ihre Mutter die Pferde liebte und auf dem Rücken der Pferde besonders glücklich war. Jeden Tag und jede Nacht, wenn sie auf dem harten Lager im Turm des Zauberers nicht schlafen konnte, stellte sie sich vor, dass ein Pferd aus des Zauberers Stall eine willkommene Gelegenheit sein könnte, der Hölle von Schloss Schreckenberg zu entkommen. Irgendwie musste sie es schaffen, die Mauer zu überwinden, um den dahinterliegenden Pferdestall zu erreichen.

Eines Tages war der Zauberer unterwegs. Aus diesem Grunde feierten die Wächter und hatten besonders viel getrunken. Ohne Zeitgefühl verpassten sie es, Rosas Freigang im Innenhof zu beenden und lagen bald schlafend und laut schnarchend in den Ecken. Diesen Moment hielt Rosa für einen günstigen Zeitpunkt, ihre Flucht zu versuchen. Sie fasste sich ein Herz und kroch hinter dem Busch durch das tiefe Loch in der Mauer. Beim Hindurchzwängen zerkratzte sie sich ihre Haut. Sie blutete, doch sie spürte keinen Schmerz, nur den unbändigen Wunsch, dem Ort des Schreckens endlich zu entkommen. Tatsächlich gelang ihr der Ausbruch durch dieses Loch. Auf der anderen Seite der Mauer gelangte sie unbemerkt in den Pferdestall. Sie schwang sich auf einen der Rappen, um mit ihm zu fliehen. Es war Donnerhuf, der einzige mit einem weißen Stern auf der Stirn. Das Pferd war rassig und schwer zu zügeln. Störrisch tänzelte der Rappe. Rosa schloss ihre Schenkel fest an den Leib des Pferdes, brachte es zum leichten Trab und galoppierte dann eiligst durch das geöffnete Burgtor. Kaum, dass sie die Burg verlassen hatten, galoppierte Donnerhuf unaufhaltsam, fast wie um sein Leben, und trug sie davon. Rosa verlor ihre Führungskraft. Sie konnte ihn weder lenken, noch bremsen, um nach Hause ins Schloss ihres Vaters zu kommen. Donnerhuf galoppierte über Wiesen, Felder und durch Wälder, die sie nicht kannte. Die Gegend, in der sie sich befanden, kam ihr vollkommen fremd vor. Erst als das Land immer flacher wurde und die Prinzessin sich überhaupt nicht mehr auskannte, mäßigte der Rappe allmählich sein Tempo und blieb schließlich stehen. Er wieherte, worauf er ungeduldig auf der Stelle tänzelte. Mit sanfter Stimme sprach Rosa beruhigend auf Donnerhuf ein, tätschelte seinen Hals und schaffte es schließlich, ihn zu beruhigen. Sie führte ihn in den Wald hinein und pflockte ihn neben einem schmalen Bach an einem dicken Baum an. Beide waren durstig und tranken aus dem Bach. Dann legte Rosa sich unter den Baum, um zu schlafen. Nach unruhigem Schlaf wachte sie auf. Der Morgen dämmerte bereits, als sie ihre Augen öffnete. Mit Wasser aus dem Bach erfrischte sie zuerst das Pferd und dann sich selbst. Während sie auf ihr Frühstück verzichten musste, ließ sie Donnerhuf in Ruhe grasen. Das saftige Gras am

Bach schmeckte ihm offenbar gut. Als die Sonne höher stand, stieg Rosa aufs Pferd, um weiterzureiten und ihr Zuhause zu finden. Doch das Schloss ihres Vaters schien in unendliche Ferne gerückt zu sein. Rosa wusste überhaupt nicht, wo sie war. Bald ritt sie über Wiesen, dann über Felder. Sie erreichten eine Flusslandschaft. Die Zusammenarbeit zwischen Rosa und Donnerhuf war nicht übereinstimmend. Das führte dazu, dass der Ritt bald ein ungewolltes Ende fand. Ein starker Wind pfiff Pferd und Reiterin plötzlich entgegen, und der Himmel zeigte sich graugelb. Ein Grollen lag in der Luft. Donnerhuf erschrak, galoppierte los in Richtung Flussufer und verlor seine Reiterin. Im Böschungsbereich geriet er ins Rutschen und glitt ins Wasser. Die Uferböschung war an dieser Stelle sehr hoch, und die Steine waren dort glatt. Der Rappe konnte keinen festen Boden unter seine Hufe bekommen und sich nicht aus eigener Kraft aus seiner misslichen Lage befreien. Rosa war es nicht möglich, ihm zu helfen. Sie lag mit schmerzenden Gliedern im Gras. Die ganze Landschaft drehte sich vor ihren Augen und die Sinne schwanden ihr.

Prinz Konstantin Leopold von der Rauschenburg durchstreifte zu Pferd die vertraute, heimische Landschaft am Lippefluss und war mit besonderer Aufmerksamkeit unterwegs. Wie viele Ritter derzeit befand er sich auf der Suche nach der vermissten Prinzessin Rosa von Worthstein. Der Prinz blickte in Richtung Fluss und bemerkte einen beweglichen dunklen Flecken auf dem Wasser, den er dort zuvor noch nicht wahrgenommen hatte. Er ritt näher heran, um sich das Bild aus der Nähe anzusehen. Da erst bemerkte er das schwimmende Pferd. Der Prinz ritt mit seinem Vollbluthengst Belamie ans Lippeufer heran, sprang vom Pferderücken, löste das am Sattel befestigte Lasso und warf es geschickt um den Hals des im Fluss strampelnden Rappen, der das Wasser aus eigener Kraft nicht verlassen konnte. Damit führte er das erschöpfte Tier ein Stück am Ufer entlang zu einer ihm bekannten niedrigen Stelle des Flussufers, um es dort aus dem Wasser herauszuziehen. Mit Schürfwunden und einem gehörigen Schrecken erreichte Donnerhuf wieder festen Boden unter seinen Hufen. Nach der Rettung des Pferdes vor dem Ertrinken sah der Prinz sich suchend um. Er fragte sich, wer wohl der Reiter sei und ob dieser sich in der Nähe befände. Während er noch Ausschau haltend überlegte, führte Donnerhuf ihn zu dem gefallenen Mädchen, das noch ohne Bewusstsein im Uferdickicht lag. Von dem Liebreiz des verunglückten Wesens war Prinz Konstantin sofort geblendet. Er nahm sie in seine starken Arme, hob sie vorsichtig auf, trug sie hinüber zu einer bequemen Stelle und bettete sie ins weiche Moos. Als der Prinz sich sorgenvoll über sie beugte, schlug Rosa ihre himmelblauen Augen auf. Sie wusste nicht wie ihr geschah, als sie von seinem liebevollen Blick aus rehbraunen Augen getroffen wurde. Um sie bemüht war ein hinreißender, junger Mann, von dem sie schon lange geträumt hatte. Ihre zarten Lippen umrahmten die Worte: „Wo bin ich hier? Wer seid Ihr?"

„Im Münsterland, am Lippefluss.", gab er zur Antwort. „Ich bin Konstantin Leopold von der Rauschenburg. Könnt Ihr Euch bewegen?"

„Ja", hauchte sie schwach.

„Wer seid Ihr denn, schöne Maid?"

„Ich heiße Rosa."

„Seid Ihr etwa Prinzessin Rosa?"

„Ja."

„Ich bin so froh, dass Ihr lebt und dass ich Euch endlich gefunden habe."

„Habt Ihr mich etwa gesucht?"

„Ja, ich bin schon lange auf der Suche nach Euch. Kommt mit mir auf meine Burg. Die Rauschenburg liegt hier ganz in der Nähe am Lippeufer."

Rosa zögerte, dachte an die Worte ihres Vaters und daran, dass sie schon einmal dem Falschen gefolgt war. Dann fragte sie ihren Retter: „Darf ich Euch vertrauen?"

Der Prinz antwortete: „Ja, vertraut mir Euer ganzes Leben lang und kommt mit mir als Braut auf meine Burg."

Dann küsste er sie. Es war ein atemberaubender Kuss.

Die warmen Strahlen der Sonne durchbrachen den Wolkenschleier, der über dem Fluss lag. Es war ein magischer Moment, als Prinz Konstantin Leopold die Prinzessin Rosa auf seine Rauschenburg brachte. Rosa war es hilflos heiß ums Herz, doch sie fühlte sich in guten Händen und sicher geborgen, wie schon lange nicht mehr. Die Schmetterlinge in ihrem Bauch flogen wild auf und ab. Beide beschlossen, sobald die Prinzessin von ihrem Sturz vom Pferd genesen wäre, zusammen zum Schloss ihres Vaters zu reiten und ihn zu ihrer Hochzeit auf der Rauschenburg einzuladen. Derweil sandte der Prinz Boten nach Schloss Worthstein aus, um den Fürsten zu benachrichtigen, dass seine Tochter wohlauf sei.

Rosa verbrachte einige schöne Tage auf der Rauschenburg und genoss die Zeit mit Prinz Konstantin. Er ließ für sie ein großes Bankett mit einem Festessen, bunter Unterhaltung und einem Ball auf der Rauschenburg ausrichten. Die beiden unternahmen gemeinsame Spaziergänge durch die Lippewiesen. Auf seinem Hengst Belamie ritt der Prinz mit Rosa durch leuchtende

Felder, über bunte Wiesen, vorbei an lustig plätschernden Bächen, in denen sich das Schilfgras spiegelte, und an den damals noch dunklen, tiefen Wäldern des Münsterlandes. Rosa kümmerte sich täglich liebevoll um Donnerhuf, der bei seinem Sturz ins Wasser Prellungen und Hautabschürfungen davongetragen hatte. Mit Geduld und viel Liebe schaffte sie es, ihn wieder aufzupäppeln und sich mit ihm anzufreunden. Nach einer Woche waren die Wunden verheilt, und es schien ihm wieder gut zu gehen. Rosa hatte die Schmerzen ihres Sturzes schon längst vergessen. So schön und romantisch es auf der Rauschenburg bei Prinz Leopold auch war, die Sehnsucht nach ihrem Zuhause, wo ihr Vater und Mystery-Butterfly auf sie warteten, war grenzenlos. Darum rüsteten die beiden bald ihre Pferde und machten sich früh morgens auf den Weg zum Schloss Worthstein, das wohl zwei Tagesreisen entfernt lag.

Als sie schon einen ganzen und einen halben Tag unterwegs waren und Schloss Worthstein gar nicht mehr so weit entfernt zu sein schien, entstand plötzlich ein furchtbares Unwetter. Der

Prinz und die Prinzessin suchten Schutz am nahen Boden, um nicht von Donner und Blitz getroffen zu werden. Die Pferde erschraken, und noch bevor der Prinz sie anbinden konnte, liefen sie davon. Auf einmal geriet die Erdscholle, auf der sie sich befanden ins Wanken.

„Hilfe ein Erdbeben!" rief Rosa in Panik. Prinz Konstantin hielt sie fest, damit sie nicht in die Tiefe stürzte, doch der Boden unter ihnen schien sich zu öffnen. Beide versuchten zurückzuweichen und standen plötzlich am Rand einer tiefen Schlucht. Nur der gegenseitige Halt ließ sie nicht hineinstürzen.

Auf der Suche nach der Prinzessin hatte der böse Zauberer die besonderen Hufspuren von Donnerhuf aufgespürt und so das frischverliebte Paar entdeckt. Mit seinem Zauberstab brachte er die Erde vor ihnen in Bewegung. Der Prinz sollte in das Loch stürzen, von der Erde verschlungen werden und darin umkommen. Die Prinzessin aber würde er sich greifen und auf sein Schloss zurückbringen. Dort wollte er dann keine Zeit mehr verlieren und sie sofort als Ehefrau an sich binden, um seinen Einfluss auf sie endgültig zu steigern, damit seine Zauberkräfte noch besser bei ihr wirken würden. Siegessicher schwang er seinen Zauberstab. Doch er hatte seine Rechnung ohne die beste Freundin der Prinzessin gemacht.

Mystery-Butterfly spürte die Nähe der geliebten Prinzessin und war aus ihrem Stall ausgebrochen, um ihr nahe zu sein. In diesem Moment, als der Zauberer seinen Zauberstab erhob, um die Prinzessin zu sich heranzubefördern, kam Mystery-Butterfly ihm ins Gehege. Der Zauberer rief eine Verwünschung gegen das Tier aus, es solle mit dem Prinzen in das tiefe Loch stürzen und die Erde möge sich über beiden wieder zusammenfügen. Doch Mystery-Butterfly biss dem bösen Zauberer in die Hand und entriss ihm den Zauberstab. Danach überflog sie elegant die Gefahrenstelle. Den Zauberstab aber ließ sie in das tiefe Loch fallen, worüber sich die Erddecke wieder schloss. Gleichzeitig löste der Zauberer sich in Rauch auf und ward nicht mehr gesehen. Sein Zauberstab schlug Wurzeln und brachte an dieser Stelle einen wunderbaren Baum hervor, der seitdem Zauberfrüchte trug.

Prinz Konstantin und Prinzessin Rosa standen gebannt an dem Flecken Erde, auf dem der böse Zauberer Dragan danach trachtete, sie zu trennen. Sie hielten sich fest an den Händen. Rosa zitterte. Sie hätte ihren Traumprinzen niemals losgelassen und wäre mit ihm gemeinsam in die tiefe Schlucht gesprungen, um dem Hexer zu entkommen. Als beide merkten, dass sie gerettet waren, fielen sie einander erleichtert in die Arme. Mystery-Butterfly trabte auf Rosa zu. Die war überglücklich, nun auch ihre geliebte Freundin wieder in die Arme schließen zu können. Sie gab Mystery einen dicken Kuss und bedankte sich bei ihr für die Rettung im letzten Augenblick. Besorgt hielten alle Ausschau nach Donnerhuf und Belamie. Da sich mit dem Verschwinden des bösen Zauberers das Gewitter schnell verzogen hatte, war die Ruhe wieder eingekehrt, und die beiden Vermissten fanden schnell zu ihnen zurück. Gemeinsam mit drei Pferden setzten Rosa und der Prinz ihres Herzens ihre Reise zu Schloss Worthstein fort.

Fürst Bartholomäus dankte dem Prinzen von der Rauschenburg für die Rettung seiner Tochter.

Als der bei ihm um Rosas Hand anhielt, gab er sie ihm gerne zur Frau, weil er sie bei ihm immer gut behütet wusste. Rosa folgte ihrem Prinzen auf die Rauschenburg und nahm ihre Pferde mit. Mystery, Donnerhuf und Belamie wurden dicke Freunde. Gemeinsam waren sie der beste Schutz gegen den bösen Zauberer Dragan, der sich erst einmal erholen und wieder zu Kräften kommen musste, bevor er sich neue Schlechtigkeiten ausdenken konnte. Fürst Bartholomäus besuchte die Rauschenburg regelmäßig, und mit der Ankunft seiner Enkelkinder immer öfter. Prinzessin Rosa hat das Schloss ihres Vaters nie wieder gesehen, um nicht mehr in die Nähe des bösen Dragan zu gelangen, der sich nach seiner Regeneration in der Gegend mal als Teufel und mal als Gentleman zeigte, um die Menschen dort zu verwirren. Mit ihrer kleinen Familie führte sie auf der Rauschenburg ein herrliches Leben. Und wenn sie nicht gestorben sind, dann lieben sich Prinzessin Rosa und Prinz Konstantin Leopold noch heute, und Mystery-Butterfly ist ihre treueste Beschützerin.

Die goldene Kutsche

Die goldene Kutsche

Es war einmal ein König, der hatte ein großes Königreich und einen einzigen Sohn. Der war mutig und schön anzusehen. Obwohl er längst das heiratsfähige Alter erreicht hatte, war er noch immer ohne Gemahlin.

Eines Tages kam der König zu ihm und sagte: „Mein Sohn, es wird nun Zeit, dass du endlich eine Prinzessin zur Frau nimmst."

Der Prinz war darüber gar nicht froh und rief: „Ich soll eine zur Frau nehmen, Vater? Ich möchte viel lieber meine Freiheit behalten."

Doch der König ermahnte seinen Sohn, nicht nur an sein Vergnügen, sondern auch an die Pflichten zu denken. Der Prinz sollte bald das Königreich übernehmen, und zum Regieren brauchte er eine gute Frau an seiner Seite, die ihn in allen Dingen des Lebens unterstützen konnte. Zudem war das Königreich zu seinem Fortbestand auf Nachkommen angewiesen, und der König hoffte sehr, bald Enkelkinder zu bekommen. Durch seinen

Hofdiener ließ er im ganzen Land verkünden, dass der Prinz die Prinzessin heiraten werde, die mit der schönsten Kutsche vorfährt.

Am nächsten Tag näherte sich dem Königspalast eine glänzende Kutsche. Prachtvoll, licht und durchsichtig befuhr sie den Königshof. Sie war ganz aus Glas und Spiegeln gemacht. Die Prinzessin, die ihr entstieg, trug ein silbernes Kleid mit klingenden, silbernen Münzen und einen goldenen Haarreif in ihrem güldenen Haar. Sie war sehr eitel und hochmütig. Ständig betrachtete sie sich in ihrem goldenen, mit Edelsteinen besetzten Handspiegel. „Seht her, wie schön ich bin!" rief sie von sich begeistert. „Ich bin ein teurer Schatz für den Prinzen und die richtige Braut."

Ihre Eitelkeit und Selbstgefälligkeit gefielen dem König gar nicht. So lud er sie gar nicht erst ins Schloss ein und schickte sie mit einer ablehnenden Handbewegung wieder fort. Dem Prinzen fiel ein Stein vom Herzen.

Schon am folgenden Tag erreichte eine silbern leuchtende, mit vielen prächtig schimmernden

Diamanten besetzte Kutsche den Königspalast. Unter all den glänzenden Kostbarkeiten war sie ganz aus Perlmutt. Schillernd fuhr das Gespann auf dem Palasthof vor. Darin saß die Perlmuttfee. Bald stieg sie aus dem Kutschwagen, strich über ihr grün schimmerndes Kleid, das mit zahlreichen bunten Perlen verziert war und sagte: „Ich bin die richtige Braut für den Prinzen."

Mit ihren langen, grün gefärbten Fingernägeln strich sie durch ihr langes, wallendes silbernes Haar, das durch eine perlmuttfarbene Haarspange zusammengehalten wurde. Doch auch die Fee konnte der König sich nicht an der Seite seines Sohnes vorstellen und schickte sie fort. Der Prinz war darüber abermals sehr erleichtert.

Am dritten Tag klapperten schwere Wagenräder auf den Palasthof. Doch dieses Mal war es keine Kutsche, die auf den König und den Prinzen zufuhr. Die Bauerstochter war mit einer Fuhre Mais gekommen. Sie brachte das Gold des Lebens mit sich. Dicke Maiskolben glitzerten wie pures Gold in der Sonne. Der König war geblendet von der Pracht und bestimmte erfreut, dass der Prinz die Bauerstochter heiraten solle. Der Prinz hatte nichts gegen die hübsche Braut einzuwenden. So geschah es, dass die beiden bald Hochzeit feierten und die Bauerstochter seine Prinzessin wurde.

Als sein Vater bald abdankte, wurden der Prinz König und die Prinzessin seine Königin. Im Königreich der Liebe regierten sie glücklich bis an das Ende ihrer Tage. Und wenn sie nicht gestorben sind, dann lieben sie sich auch heute noch.

Rauschenburg SG

Die Prinzessin und die Krone aus Morgentau

Auf der Rauschenburg lebte vor vielen Jahren ein reicher Fürst. Der hatte eine Tochter. Sie war zart und schön. Doch ihr Herz schien kälter und härter als der Wehrturm der Burg. Schon längst hatte sie das heiratsfähige Alter erreicht und sollte sich einen Gemahl auswählen. Doch jeden Bewerber, den ihr Vater ihr vorführte, wies sie mit Hohn und Spott ab. Darüber war der Fürst sehr betrübt. Er sagte zu ihr: „Meine Tochter, es ist nicht gut, wenn du so lange unverheiratet bleibst. Suche dir endlich deinen Prinzen."

„Ich soll heiraten? Ich, die schöne, stolze Prinzessin? Nein, ich habe keine Lust dazu. Mein Leben gefällt mir in Freiheit viel besser."

Der König aber gab die Hoffnung nicht auf, seine starrköpfige Tochter umzustimmen, und lud alle jungen, heiratsfähigen Männer aus den bedeutenden Adelsgeschlechtern auf die Rauschenburg ein und stellte sie seiner Tochter vor.

Sie alle brachten kostbare Geschenke mit und warben um die holde Schöne. Die nahm zuerst die Geschenke an. Dann aber rümpfte sie die Nase und machte sich über die Heiratskandidaten lustig. Schließlich erklärte sie: „Ich bin besonders und erwarte auch ein ganz besonderes Geschenk, das nur zu mir und meiner Einzigartigkeit passt."

Dann wandte sie sich dem Fürsten zu und sprach: „Wenn ich schon heiraten soll, dann nicht ohne meine Bedingung: Denjenigen, der mir das besonderste Geschenk macht, den werde ich zum Ehemann nehmen."

Für den Fürsten, der seine Frau schon sehr früh verloren hatte, war die Prinzessin das einzige Liebste, das ihm geblieben war. Er wusste, dass er sie nach dem frühen Tod ihrer Mutter viel zu sehr verwöhnte und ihr alles durchgehen lassen hatte. So ließ er auch dieses Mal ihr ungehöriges Betragen unbeanstandet. Er war in großer Sorge um seine Tochter. Täglich spürte er sein fortschreitendes Alter, und dass der Zahn der Zeit an ihm nagte. Bald brauchte er einen würdigen Nachfolger. Darum wünschte er sich endlich einen angesehenen, netten Schwiegersohn, dem er seine Burg guten Gewissens anvertrauen konnte. Was sollte aus der Prinzessin ohne einen treu sorgenden Gemahl werden, wenn er, der Fürst nicht mehr regieren konnte, weil seine Zeit gekommen war, diese Welt zu verlassen?

Die Fee der Nacht, die nachts über die Erde schwebt, um die Halme auf den Wiesen und das Korn auf den Feldern mit ihrem erquickenden Tau zu segnen, hob ihren Zauberstab und ließ blitzende Funken vom hellen Glanz der Sterne herabfallen. Dieser Sternenglanz ließ die Tautropfen glitzern und reflektierte den Zauber der Himmelssterne.

Die Prinzessin machte ihren morgendlichen Spaziergang durch den Schlosspark. Wie jeden Morgen eines beginnenden Tages strahlten und glitzerten die Sträucher und Blumen im Morgentau. Die Prinzessin bewunderte die bunte Blumenpracht und dachte missmutig daran, dass sie kein einziges Schmuckstück besaß, das so schön glänzte, wie der Morgentau, der so selbstverständlich die Blumen schmückte.

Beim erlesenen Frühstück im Schloss fragte der Fürst: „Meine Tochter, welche besondere Gabe erwartest du denn von deinem Zukünftigen, damit du seine Frau werden willst?"

„Ich will eine Krone mit Perlen aus Morgentau", antwortete die Prinzessin.

Der Fürst ließ die Kunde im ganzen Land verbreiten, dass die Prinzessin den zum Mann nehmen würde, der ihr eine Krone mit Perlen aus Morgentau schenkt. Viele junge Männer im Land beauftragten daraufhin die Goldschmiede landesweit, eine solche Krone herzustellen. Die aber hatten Lieferschwierigkeiten und konnten die Aufträge nicht zu Ende führen. Obwohl die Jünglinge, die ihr Versprechen nicht halten konnten, der Prinzessin die gewünschte Krone zu schenken, zur Strafe in den Kerker der Burg geworfen wurden, blieb die Prinzessin unerschütterlich ihrem Willen treu.

Eines Tages kam ein gut aussehender junger Prinz ans Burgtor und wollte die Prinzessin sprechen. Die kam ballerinengleich angeschwebt, hob ihr hübsches Näschen und fragte ihn, was er für ein Begehren habe. Der Prinz, der von der benachbarten Burg Wilbringen angereist war, antwortete: „Ich möchte Euch Euren Wunsch erfüllen, und Euch die Krone mit den besonderen Perlen schenken."

Die Prinzessin streckte ihre Hand in Erwartung auf das Geschenk aus, um es anzunehmen.

„Ich bitte um Verzeihung, Prinzessin. Ich habe die Krone mit Perlen aus Morgentau noch nicht."

Die Prinzessin entzog ihm ihre Hand und fuhr ihn entrüstet an: „Das ist unerhört!"

„Verzeiht, Prinzessin, der Grund ist, dass ich Euch so sehr schätze. Mit der Krone möchte ich Eurem Wunsch vollkommen entsprechen. Da Ihr so besonders und einmalig seid, sollt Ihr genau die Perlen bekommen, die Euch angemessen sind. Darum bitte ich Euch, morgen früh durch den Schlosspark zu gehen und Euch die Perlen

aus Morgentau, die Euch gefallen, selbst auszu-
suchen. Ich werde am Ende des Parks auf Euch
warten und Eure gesammelten Perlen gerne in
Empfang nehmen. Dann lasse ich Eure Krone
damit kreieren. Seid Ihr damit einverstanden?"

Die Prinzessin nickte. Sie entfernte sich, und ihre
Vorfreude stieg ins Unermessliche. Bald würde
sie genauso strahlen, wie die wunderschönen
Blumen im Park.

In der Frühe des nächsten Tages schritt die
Prinzessin durch den Schlosspark. Entzückt
wandelte sie zwischen den Blumenbeeten auf
und ab. Die Anmut der Blumen berauschte ihre
Sinne. Der Morgentau lag glänzend auf den
Blüten und Blättern der Pflanzen, aus den
Kelchen der Blumen schauten herrliche Tau-
perlen heraus, und eine leuchtende Perle über-
strahlte die andere. Es war wie ein prächtiges
Feuerwerk, wenn das Licht der frühen Sonne auf
den Tau fiel. Die Prinzessin sammelte die
größten und schillerndsten Perlen aus Morgentau. Tröpfchen für Tröpfchen ließ sie in ein

kristallenes Gefäß rinnen, das sie bei sich trug. Perlen sammelnd durchwanderte sie den Park. Als sie vielen Blumen eine Perle entnommen hatte und am anderen Ende des Parks angelangt war, wartete am Tor der Prinz von Wilbringen auf sie.

„Nun, Prinzessin, gebt mir die Perlen aus Morgentau, damit ich Eure Krone für Euch fertigen lassen kann."

Vorsichtig öffnete die Prinzessin ihr Kristallgefäß. Es war leer. Beschämt erkannte sie, dass sich ihre Perlen aufgelöst und in Wasser verwandelt hatten. Sie blickte in ihre feuchten Handflächen und traute sich nicht, den Prinzen anzusehen, weil sie sich so sehr schämte.

Der Prinz, der schon sehr lange in die Prinzessin verliebt war und sich durch ihren Hochmut niemals hatte abschrecken lassen, fragte sie: „Wollt Ihr mich nun auch in den Kerker werfen lassen, oder wollt Ihr mir mein Herz zurückgeben, das schon lange Euch gehört, oder wollt Ihr mir nun Eure Hand reichen?"

Zaghaft legte die Prinzessin ihre Hand in seine und vergaß ihren Stolz und Hochmut, die dahingeschmolzen waren, wie die Tautropfen in der Schale. Der Prinz streichelte ihre errötende Wange und bemerkte, wie zart diese war. Er sagte: „Seht Ihr, Prinzessin, aus dem glitzernden Morgentau ist lebenswichtiges Wasser entstanden, das für das Leben viel wichtiger ist, als für Stolz und glitzernden Schmuck."

Sie lächelte ihm zu, und zart fanden sich ihre Lippen.

Mit großer Verwunderung und sehr erfreut nahm der Fürst die wundersame Wandlung seiner Tochter zur Kenntnis. Denn nun wünschte sie sich selbst ihre Hochzeit von ganzem Herzen. Der Tag war noch nicht zu Ende, da ließ die Prinzessin alle zu Unrecht Eingeschlossenen aus dem Kerker frei und lud die armen verschmähten Bewerber zu ihrer Hochzeit ein. Es dauerte nicht lange, da sahen beide Verliebten glücklich vermählt einer märchenhaften Zukunft entgegen. Nie wieder aber wünschte sich die Prinzessin eine Krone mit Perlen aus Morgentau.

Der goldene Prinz

Was wünscht sich ein romantisches Pärchen?

Zu leben in einem traumhaften Märchen!

Der goldene Prinz

Vor langer Zeit lebte in der Rauschenburg eine Prinzessin mit ihrem Vater, dem Fürsten. Ihre Mutter hatte sie früh verloren. Die Fürstin war bei einem Unwetter in den Lippefluss, der direkt an der Burg vorbeifließt, hineingefallen. Das Wasser hatte sie mit sich gerissen. Sie war zu spät gefunden worden.

Durch diese Tragödie musste Prinzessin Alina ohne ihre Mutter aufwachsen. Nach drei Jahren heiratete der Fürst ein zweites Mal. Dadurch bekam die kleine Prinzessin eine Stiefmutter. Die neue Fürstin war sehr schön, und als sie endlich des Fürsten Gemahlin war, zeigte sie ihr wahres Gesicht. Wenn der Fürst auf Reisen war, um das Land zu regieren, lebte seine Frau in Saus und Braus und verprasste mit der Zeit alles Geld, was der Fürst besaß. Für Prinzessin Alina war sie die böse Stiefmutter, bis sie eines Tages auf Nimmerwiedersehen verschwand, als ihrem Vater fast nichts mehr gehörte, außer seiner baufälligen Burg. Der zurückgebliebene Fürst dachte noch darüber nach, wie traurig er nun war, da kam ein Spielmann auf den Burghof, spielte seine Laute und sang dazu: „Schönheit und Jugend vergeh'n, die stolzesten Rosen verweh'n. Liebe und Güte besteh'n."

In diesem Augenblick lächelte der Fürst erleichtert. Wen hatte er schon verloren? Wenn die Fürstin auch sein Vermögen verprasst hatte, blieb ihm dennoch sein einziges Glück auf dieser Welt, seine Tochter. Nun wollte er nur noch seine kleine Prinzessin glücklich sehen und seine Burg retten, um mit ihr dort glücklich leben zu können und sie ihr eines Tages zu hinterlassen. Doch selbst wenn er jeden Gulden zusammengekratzt hätte, wäre die Instandsetzung des alten Gemäuers nur notdürftig gelungen, so dass ihn existenzielle Sorgen bedrückten. Die heiratsfähigen Prinzen hielten nicht um die Hand der Prinzessin an. Deren Väter wünschten sich keine Schwiegertochter aus verarmtem Hause. Und wenn schon, dachte der Fürst, um seine Burg zu retten, war es ohnehin besser, die Prinzessin würde gleich einen reichen König heiraten. Schließlich war seine Tochter liebreizend und sehr schön, wie der Sonnenschein, und dazu hatte sie noch ein edles Herz. Dieser König könnte dann für seine Tochter seine Schatzkammer weit öffnen, was auch ihrem Elternhaus, der alten Rauschenburg, Nutzen brächte.

An einem sonnigen Tag ging die Prinzessin allein spazieren. Gut gelaunt lief sie am Lippefluss entlang. Bald suchte sie Schutz vor der Sonne und ging in den schattigen Wald hinein. Auf dem Weg folgte sie einem schwarz-weiß schillernden Schmetterling. Nach einiger Zeit war sie tief in den Wald hineingeraten. Da wo die Bäume dicht standen, sich fast kein Sonnenstrahl mehr zwischen ihnen befand und es keine Lichtung weit und breit gab, hatte sie den schönen Schmetterling aus den Augen verloren. Sie war weit weg von Zuhause und suchte den Heimweg. Die hohen Bäume des Waldes rauschten und warfen unheimliche Schatten. Prinzessin Alina bekam Angst. Sie hatte sich verlaufen wie niemals zuvor und kannte den Rückweg nicht mehr. Als sie anfing zu weinen, trat aus einem Schatten der Bäume ein junger Mann heraus. Dieser kam auf sie zu und stellte sich ihr als Prinz Eugen von Anders vor. An seinem Finger funkelte ein Ring. Unter Tränen erzählte ihm die Prinzessin, dass sie sich hoffnungslos verlaufen habe und folgte dem Jüngling, der versprach, ihr zu helfen, ihr Zuhause zu finden. Die beiden gingen nun gemeinsam durch den Wald. Bald gelangten sie an einen großen See. Prinzessin Alina merkte nun, dass ihr Begleiter sie offenbar in die Irre führte. „Wo wollt Ihr mit mir hin?" fragte sie den Prinzen.

„Ich nehme eine Abkürzung. Bald sind wir am Ziel", antwortete ihr Weggenosse. Dann liefen sie noch eine lange Zeit, bis sie endlich eine Lichtung zwischen den Bäumen erreichten.

„Nun schließt die Augen, holde Prinzessin. Ich möchte Euch ein Geschenk herbeizaubern."

Prinzessin Alina schloss ihre Augen und merkte nicht, dass der Bursche seinen Ring hin und her drehte. Dazu murmelte er einen Zauberspruch: „Abrakadabra! Schlangenzahn und Krötendreck! Du die hier bist, du bist bald weg. Katzenschreck und Eulenschrei! Das Neue komme schnell herbei! Ich verwandele dich in…"

Da erschien hoch zu Ross Prinz Richard von Hohenstreitfels. Er sprang vom Pferd, zog sein Schwert und schlug dem Zauberer den Ring aus der Hand. Prinzessin Alina hatte nämlich dem bösen Zauberer Dragan, der wieder im Lande weilte, in der Gegend zu tun hatte und sich ihr mit falschem Namen vorstellte, ihr Vertrauen geschenkt und wäre ihm beinahe zum Opfer gefallen. Nach einem kurzen Kräftemessen siegte der echte Prinz über den Zauberer, der ohne seinen Zauberring weder Macht noch Kraft besaß, und warf ihn in den See. Glücklich und dankbar umarmte die Prinzessin ihren Retter. Aus Dankbarkeit gab sie ihm einen Kuss auf die Wange. Der beglückte Prinz brachte sie mit seinem Pferd zur Rauschenburg zurück.

Mit ihrem Kuss hatte Prinzessin Alina ihm sein Herz gestohlen, und mit ihrem Einverständnis hielt Prinz Richard beim Fürsten um ihre Hand an. Der war gerade im Schweiße seines Angesichts damit beschäftigt, eine zusammengefallene Mauer der Rauschenburg eigenhändig wieder aufzurichten. Als sie endlich aufrecht stand, stürzte die benachbarte Mauer ein. Der

Fürst strich sich verzweifelt den Schweiß von der Stirn. Er bedankte sich für die Rettung seiner Tochter, aber gab dem Fremden, der in seinen Augen ein daher gerittener, armer Bursche war, sein Einverständnis zur Hochzeit mit der Prinzessin nicht.

Traurig sah Prinzessin Alina ihrem Prinzen nach, als er die Rauschenburg verließ und ihr noch einmal zuwinkte, bevor er seinem Pferd die Sporen gab und davonritt. Er würde zurückkommen, hatte er ihr versprochen. Sehnsüchtig wartete sie auf ihn. Es vergingen lange Tage, einsame Nächte und viele Wochen, ohne dass Prinz Richard zurückkehrte, oder sie auch nur eine Nachricht von ihm erhielt. Die Prinzessin fühlte sich schrecklich einsam ohne ihn und wurde immer trauriger.

Prinz Richard ritt zurück auf das Schloss seines Vaters, des Königs zu Hohenstreitfels, und bat ihn um seinen Anteil des Schatzes aus der reich gefüllten Schatzkammer, um damit seine Liebste heiraten zu dürfen. Der König wollte ihm zuerst nichts von dem eingelagerten Gold geben. Doch als der Prinz, der sein jüngster Sohn war, schließlich drohte, dass er das Land verlassen würde und sein Glück ohne die Hilfe des Vaters versuchen wolle, willigte der König schließlich ein und gab seinem Sohn einen stattlichen Anteil des Goldes mit auf den Weg. Der verstaute das Gold auf seinem Pferd und machte sich bereit für die Reise zur Prinzessin, in der Hoffnung den Fürsten mit seiner Brautgabe positiv umstimmen zu können.

Nach zwei Tagesritten erreichte er den Wald bei der Rauschenburg. Es hatte tagelang stark geregnet, und die Lippewiesen waren von Hochwasser überflutet. Ein breiter See ließ nicht zu, dass er die Burg trockenen Fußes erreichen konnte. Bei einer Hütte am Waldesrand lag ein Floß. Er ließ es zu Wasser und fuhr mit ihm und der wertvollen, schweren Last über den See. Sein

Pferd schwamm nebenher. Der Schatz war so schwer, dass das Floß dem Gewicht nachgab und der Königssohn zusammen mit der Last unterging. Als er wieder an die Wasseroberfläche kam, war er über und über mit nassem Goldstaub be- deckt, sodass er selbst ganz golden glänzte.

Triefend nass, mit goldenem Haar und in goldenen Kleidern kehrte Prinz Richard zur traurigsten Prinzessin im ganzen Land zurück. Die wurde schlagartig überglücklich, als sie hinter all dem Gold ihren geliebten Prinzen erkannte. Ihr Vater, der viel Zeit gehabt hatte, nachzudenken, und der deshalb alles dafür tun würde, dass sein Kind nicht mehr traurig war, achtete nicht auf die goldenen Kleider des Prinzen. Stattdessen erkannte er in seinen Augen die Liebe und Güte, mit der er die Prinzessin glücklich machte. Darum gab er ihm jetzt gern die Hand seiner Tochter.

Der mitgebrachte Schatz des Königssohns reichte allerdings aus, um seine alte Burg wieder instand zu setzen und sie sogar noch schöner als je zuvor in neuem Glanz erstrahlen zu lassen. Schon bald fand die Hochzeit des Paares auf der feudalen Rauschenburg statt, zu der auch die königliche Familie des Bräutigams kam. Prinz Richard blieb mit seiner jungen Gemahlin auf der Rauschenburg, und sein ältester Bruder übernahm das väterliche Schloss Hohenstreitfels. Alle lebten glücklich und zufrieden bis an ihr Lebensende.

Burg und Ruine Rauschenburg 1908

Märchen

Märchen verzaubern, beeindrucken, fesseln...
Märchen sind lieblich, grausam und gemein...
Märchen zählen zu einer bedeutsamen und sehr
alten Textgattung in der mündlichen Überlieferung und treten in allen Kulturkreisen auf,
um von ihnen zu lernen.

Sind Märchen überaltert und passen nicht mehr
in unsere Zeit, oder dürfen wir sie heute noch
mögen? Können wir auch heute noch von ihnen
lernen?

Der Begriff „Märchen" ist die Verkleinerungs-
form der mittelhochdeutschen Maere, was
„Kunde, Bericht, Nachricht" bedeutet. Märchen
sind Prosatexte, die von wundersamen Begebenheiten berichten.

Märchen haben eine Reise in die eigene Seele zu
bieten. Man hat die Möglichkeit, sich mit dem
Inhalt des Märchens innerlich auseinanderzu-
setzen und für das Leben Lehren daraus zu
ziehen oder anderen zu vermitteln.

Märchen verkörpern einen wunderbaren Gegensatz zur Schnelllebigkeit unserer heutigen Zeit. Da Lebensweisheit transportiert wird, ist es auch heute noch sinnvoll, von ihnen zu lernen. Sie können eine Orientierung im Leben bieten. Zum Beispiel, wenn wir lernen, dass auch die kleine Geldbörse reicht, um glücklich zu sein und die große uns Unglück bringen könnte. Märchen sind ein Land voller Zauber. Märchen wissen, dass einzig die Liebe die Kraft besitzt, glücklich zu machen, denn sie trägt uns auf Flügeln über Berge, Täler und Meere in das Land voller Zauber und Träume. Es gibt eine Lebenszeit für die Liebe. Mehr Zeit hat man nicht. Bei meinen Lesungen habe ich beobachtet, dass die Eltern den Märchen genauso fasziniert lauschen, wie die Kinder. Manch einem wurden sogar Tränen entlockt.

Wenn es um die Märchen der Brüder Grimm geht, denkt man unwillkürlich an die Klassiker wie *Schneewittchen* oder *Dornröschen*. Märchen enden glücklich. Doch die beiden haben viel mehr geschrieben - auch Märchen, die nicht in das herkömmliche Raster passen. Jemand, der

Märchen als brutal verstehen will, da manche Mär gnadenlos erscheint, z. B. wenn der böse Wolf bei *Rotkäppchen* Wackersteine in seinen Bauch genäht bekommt, oder die böse Hexe aus dem Märchen *Hänsel und Gretel*, von Gretel in den Ofen geschoben wird, - was alles ein nicht minder gnadenloses Vorhergeschehen hat -, wird der Intention dieser Aussagen nicht gerecht. Vielleicht sollte man den Zeitpunkt, wann man diese Art Märchen den Kindern vorliest, insofern günstig bestimmen, dass man es nicht vor dem Gute Nacht-Kuss und „Nun schlaf schön und träum süß" tut. Doch auch diese brutalen Märchen haben ihre Berechtigung, denn sie fordern in ihrer Symbolik dazu heraus, die fürs wahre Leben unnatürlichen, unschönen und schlimmen Dinge auszuhalten, die eigenen Gefühle darüber kennenzulernen, zwischen *Gut* und *Böse* bzw. *dem Überleben zugetan* oder *abtrünnig zu sein*, zu differenzieren und so manche Gefahr in der Wirklichkeit möglichst zu vermeiden. Man erkennt, dass jemand vermeintlich Stärkeres - *Hexe* -, der einem selbst oder jemand anderem Böses will, sich damit keinesfalls durchsetzen, oder über einen siegen muss.

Man hat immer die Möglichkeit, sich zur Wehr zu setzen oder Nothilfe zu leisten – genauso, wie die böse, nach Hänsels Leben trachtende Hexe, von Gretel in den Ofen befördert wird.

Märchen verzaubern, beeindrucken, fesseln. Darum finde ich es gut und wichtig, den Märchen in unserer Zeit Raum zu geben. Das Wunderbare und Mystische an den fantastischen Geschichten ist, dass in Märchen die Unsterblichkeit schlummert. Denn der Möglichkeit, über die Zeiten hinaus zu existieren, wird Raum gegeben: Und wenn sie nicht gestorben sind, dann leben sie noch heute...

Sabine Grimm

Sagen

Eine Sage ist eine auf mündlicher Überlieferung basierende, kurze Erzählung, deren ursprünglicher Verfasser in der Regel unbekannt ist. In ihrer Art ist sie dem Märchen und der Legende ähnlich, wenn sie von fantastischen, die Wirklichkeit übersteigenden Ereignissen berichtet. Sagen sind von ihrer Entstehung her mit realen Begebenheiten, Personen- und Ortsangaben verbunden, so dass ihnen der Eindruck eines Wahrheitsberichtes anhaftet. Bei den Wandersagen haben verschiedene Völker und Kulturen häufig fremde Inhaltsstoffe und exotische Motive für ihre eigenen Sagen übernommen und sie mit ihren persönlichen landschaftlichen und zeitbedingten Eigentümlichkeiten und Anspielungen vermischt.

Entscheidend wurde der Begriff der Sage durch die Brüder Grimm geprägt. Das Grimm'sche Wörterbuch, *Bd. XIV, 1893,* spricht von der *Kunde von Ereignissen der Vergangenheit, welche einer historischen Beglaubigung entbehrt".*

Ferner von „Naiver Geschichtserzählung und Überlieferung, die bei ihrer Wanderung von Geschlecht zu Geschlecht durch das dichterische Vermögen des Volksgemüts umgestaltet wurde. Hierbei greifen subjektive Wahrnehmung und objektives Geschehen dermaßen ineinander, dass übernatürliche, unglaubhafte Begebenheiten den Wesenskern einer Sage bilden. Es besteht also nicht allein das Subjektive. Auch eine objektive Annahme hat ihre Berechtigung.

Sagenhelden werden benannt, und wie im Märchen gehört die Vermenschlichung von **Pflanzen** und **Tieren** zur Sagenwelt. Auch über-natürliche Wesen wie Zwerge, Feen, Elfen und **Riesen** sind in der Sagenwelt zuhause.

Anders als beim zeitlosen Märchen - *Es war einmal...* - mit den allgemeinen Ortsangaben, wie z. B. dem Wald, Brunnen, der Hütte und den typischen Märchenfiguren, wie König, Prinz, Prinzessin, Stiefmutter, Hexe…, sind bei der Sage tatsächliche Ereignisse, Lokalitäten und Persönlichkeiten vorhanden. Diese, im Nach-hinein fantastisch ausgeschmückt und gestaltet, wurden Anlass für die Erzählung der Sage.

Damit steht der Realitätsanspruch der Sage über dem des Märchens.

Weil zum Dreigestirn noch eines fehlt, sei hier die Legende noch angeschlossen. Legenden sind Erzählungen, zumeist in erhöhender Weise, über Begebenheiten oder Leben und Tod von Personen. Sie muten an, dass es sich um unzutreffende Tatsachenbehauptungen handelt. Manche Legenden aber können einen Kern von historischer **Wahrheit** enthalten. In bildhafter oder szenischer Erzählform suchen sie den Kern einer Tatsache oder den Sinn eines Geschehens zu vermitteln, auch wenn die jeweils erzählte Geschichte **quellenmäßig** unverbürgt ist.

„Wenn du intelligente Kinder willst,
lies ihnen Märchen vor.
Wenn du noch intelligentere Kinder willst,
lies ihnen noch mehr Märchen vor."

Albert Einstein

Danke

An dieser Stelle möchte ich mich bei denjenigen bedanken, die mich bei der Anfertigung dieses Buches unterstützten und mir Quellen und Bilder zur Verfügung gestellt haben.

Baeredel, Dortmund;

Nathalie Saskia Groh;

Aloys Tenkhoff, Halle;

Spargelhof Tenkhoff, Olfen,

Bernhard Wilms, Studiendirektor a. D., Olfen.

Nachwort

Hiermit beende ich die Reise in die Vergangenheit und in die Welt aus Phantasie und Mystik. Ich freue mich, dass mich, obwohl es zahlreiche Schlösser und Burgen gibt, gerade die Rauschenburg dazu inspirierte, ihre Geschichten und Märchen aufzuschreiben. Die Rauschenburg liegt, romantisch verwunschen, in einer Gräfte am Fluss, umgeben von naturnahen Wäldern, Wiesen und Feldern, im Herzen des Münsterlandes.

Es hat mir sehr viel Freude bereitet, für alle interessierten Leser und Leserinnen, die alten märchenhaften Pfade rund um die Rauschenburg zu beschreiten, und die Geschichten um die, längst in wild romantischen Zustand versetzte Burg, in diesem Buch aufzuschreiben. Meine berühmten Namensvettern, die Brüder Grimm, ließen einst ihre gesammelten Märchen von ihrem Märchenschloss aus um die Welt gehen. So wie sie die Sababurg im Weserbergland als Dornröschenschloss auserkoren, in dem das

Dornröschen hundert Jahre schlief, um danach endlich von ihrem Prinzen wachgeküsst zu werden, hat sich mir die Rauschenburg märchenhaft erschlossen. Deshalb wurden auch an diesem Ort Prinzessinnen und Prinzen lebendig, die einander küssten…

Darüber hinaus erschien eine ganze Schar von bunten Märchengestalten, die ich meinen Lesern nicht vorenthalten möchte. Wie es bei märchenhaften Geschichten der Fall ist, sind deren Namen jedoch frei erfunden.

Romantische Burggeschichten ist ein Buch für die kleinen und großen Märchenliebhaber und die, die es werden wollen. Erwachsene könnten während des Lesens der Geschichten auf vergangene Erfahrungen zurückblicken und die Message eines Märchens als eine Erkenntnis verstehen, die vielleicht beim Lösen eines vergangenen Problems hilfreich gewesen wäre. Die Kleinen lernen die tieferen Botschaften von Märchen gleich von der Pike auf. Das Märchenlesen sollten wir uns erhalten.

Sabine Grimm

Die Windschaukel

Am rauschenden Fluss
schaukelt das Kind
im Rauschenburger Wind.

Inhaltsverzeichnis

Bilderverzeichnis

Coverbild: *Tanz in Flammen*

„In bunten Bildern

wenig Klarheit,
viel Irrtum

und ein Fünkchen

Wahrheit.“

Goethe

Faust I

Quellenverzeichnis

Veröffentlichte Bilder mit freundlicher Genehmigung von:

Burg und Ruine Rauschenburg, v. 1908   S. 73
Aloys Tenkhoff, Halle

Coverbild: Gemälde der Rauschenburg aus dem Familienschatz der Familie Tenkhoff.

Literatur

Ritter, Bürger, Bauersmann; Heinrich Pleticha

Einführung in die Sagenforschung, 3. Aufl., UVK-Verl.-Ges., Konstanz; Leander Petzoldt

Das Antwortbuch der Geschichte, Elting/Folsom

Deutsches Wörterbuch, Jacob Grimm und Wilhelm Grimm

Archiv Freiherr von Twickel zu Havixbeck Bestand Rauschenburg

Sabine Grimm

www.sabine-grimm.de

www.readers-feeling.de

Kultur hilft,
Würde zu bewahren
und Wandel zu bewältigen.

Bücher aus der Reihe „UNRUHIGE ZEITEN"

Band 1
Unruhige Zeiten:
Der lange Weg der Rittersleut`,
in die moderne, neue Zeit

Band 2
Unruhige Zeiten:
Burg Wilbring - Heimat des Hexenwahns?

Band 3
Unruhige Zeiten:
Die Herren von Frydag zu Buddenburg

Band 4
Unruhige Zeiten:
Der Buddenburg-Mord

Band 5
Unruhige Zeiten:
Tragödie von Niering

Band 6
Unruhige Zeiten:
Die Buddenburger – Zeitzeugnisse

Band 7
Unruhige Zeiten:
Adelslinien – Die Herren von Frydag

Sabine Grimm

„Impressionen – Schloss Buddenburg",
reich bebildert, mit Sprüchen und Lebensweisheiten
ausgewählt von Sabine Grimm

„Impressionen – Schloss Löringhof",
reich bebildert, mit Sprüchen und Lebensweisheiten
ausgewählt von Sabine Grimm

„Impressionen – Schloss Wilbringen",
reich bebildert, mit Sprüchen und Lebensweisheiten
ausgewählt von Sabine Grimm

„Geschichte & Impressionen – Burg Henrichenburg",
reich bebildert mit Sprüchen und Lebensweisheiten
ausgewählt von Sabine Grimm

„Sternschnuppen Schatz Sagen"
Verborgene Schätze in Westfalen
Schatzsagen und geheimnisvolle Orte

Diese Bücher sind deutschlandweit über den Buchhandel zu
beziehen, teils auch in Canada und Amerika.

Neue Grimms Märchen 2014

Burggeschichten zum Vor- und Selbstlesen

Rittergeschichten zum Vor- und Selbstlesen

Poetische Burggeschichten zum Vor- und Selbstlesen

Dramatische Burggeschichten zum Vor- und Selbstlesen

Romantische Burggeschichten zum Vor- und Selbstlesen

Phantastische Burggeschichten zum Vor- und Selbstlesen

Reich bebildert in bunt und s/w.

Sabine Grimm

Mailto: look@grimmstory.de

Rauschenburg

Familie Tenkhoff, Hofladen,
Dattelner Straße 84, 59399 Olfen,
Tel: 0049 (0) 2363/31942

Mailto: info@tenkhoff.de

www.tenkhoff.de